Découvrez l'histoire par les archives de presse

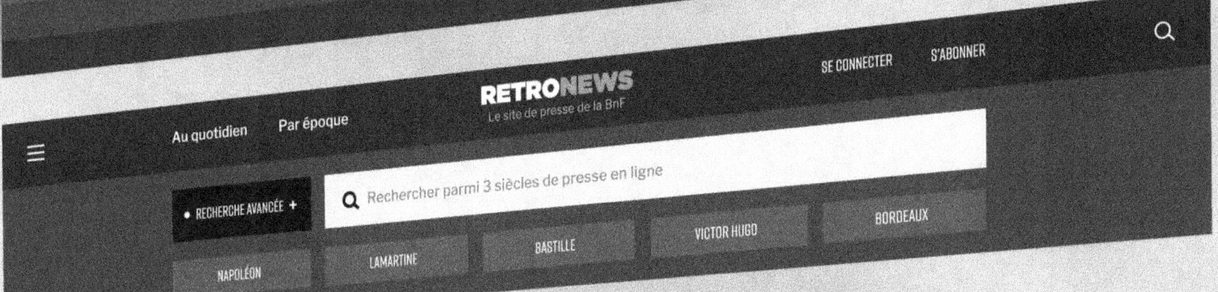

RETRONEWS

Le site de presse de la BnF

www.retronews.fr

LA REVUE VERLAINIENNE

... il ouvrit la fenêtre.
RACHILDE.

Rédaction, 99, avenue de la Bourdonnais.
PARIS.
Numéro II — Décembre MCMI.

La Revue Verlainienne

D'ART, D'ESTHÉTISME ET DE PIÉTÉ VERLAINIENNE

DIRECTION

HECTOR FLEISCHMANN — LÉON DEUBEL

Parait tous les mois avec illustrations de F.-A. CAZALS — COUTURIER — Marcel LENOIR — Alexis MÉRODACK-JEANEAU — Félix VALLOTTON

avec la collaboration littéraire de

MM. René d'AVRIL — Paterne BERRICHON — L. BOCQUET — E. BOISSIER — P. BRIQUEL — F.-A. CAZALS — Marcel CLAVIÉ — F. CLERGET — L. DAUPHIN — Henri DELISLE — Léon DEUBEL — Hector FLEISCHMANN — A. FLEURY — Francis JAMMES — Louis JEAMBRUN — Max GARNIER — André GIRODIE — Gustave KAHN — M.-A. GOSSEZ — Remy de GOURMONT — E. HERDIES — F.-A. HÉROLD — Jean de LA HIRE — J.-C. HOLL — Jules LAFORGUE — Ernest LA JEUNESSE — E. LANTE — André LEBEY — Maurice MAGRE — Robert de MONTESQIOU-FÉZENZAC — Jean MORÉAS — Charles MORICE — H. MUCHART — A. ORLIAC — Louis PAVEN — Edmond PILON — Pierre QUERLON — RACHILDE — Louis PERGAUD — E. RAYNAUD — Paul RÉDONNEL — Henri DE RÉGNIER — Adolphe RETTÉ — L.-X. de RICARD — Arthur RIMBAUD — P. ROIDOT — Fernand SERNADA — F. SAISSET — Laurent TAILHADE — Jean de TINAN — TOUNY-LÉRYS — Francis VIÉLÉ-GRIFFIN — Francesco ZEPPA.

des pages seront spécialement consacrées

à Messieurs Henry Fouquier — Emile Faguet — René Doumic — Adolphe Brisson et autres insulteurs du Poète.

SOMMAIRE

Livres — Revues — Théâtres — Echos

Les signataires des articles sont seuls responsables

Toutes les communications : livres, revues, abonnements, doivent être adressé à M. Hector FLEISCHMANN, directeur 99, avenue de la Bourdonnais, Paris (VIIe).

Le numéro : **0 fr. 30**. — Un an : **5** fr. — Six mois : **3** fr.

1896-1902

.... Et c'est à la tombe de celui-ci que nous portons des fleurs.
RACHILDE.

M

Les poètes de la Revue Verlainienne et du Sagittaire vous prient de leur faire l'honneur de les accompagner le Dimanche 12 Janvier 1902 au Cimetière des Batignolles pour aller fleurir la tombe de

Paul Verlaine.

Mlle Constance MAILLE, de l'Odéon, récitera un poème à la gloire du Maître par M. Léon Deubel.

M. Hector FLEISCHMANN prononcera un discours au nom de la Revue Verlainienne.

On se réunira à neuf heures et demie à la Station des Omnibus *Batignolles-Clichy-Odéon*, au Théâtre de l'Odéon.

AV PROCHAIN NVMÉRO :

A mon fils

prose inédite de **Pavl Verlaine**

Nous
commencerons prochainement
la publication d'une importante
étude

Pavl Verlaine

et

le Parnasse

par
L.-X. de RICARD.

Réponse

à

M. Azémar, dit Robert de Miranda

Vous avez, Monsieur, jugé utile de répandre, après quelques mois de silence, avec la lourdeur et le manque de syntaxe qui vous caractérise, quelques grossièretés et quelques insultes envers la mémoire de Paul Verlaine.

Venant d'un jeune homme aussi profondément inconnu que vous, la chose serait plutôt à dédaigner, mais il convient cependant, pour l'honneur de la littérature, de vous signaler à l'attention des Poètes.

Vous écrivez que Paul Verlaine fut « un malhonnête homme » De quel droit diffammez-vous aussi impudemment *un mort?* Cette affirmation vous eut, sans aucun doute, conduit du vivant du Poète, sur les bancs de la Correctionnelle.

Vous préférez, montrant évidemment ainsi un grand courage, vous attaquer a quelqu'un que la Mort a mis dans l'impossibilité de répondre.

Jusqu'à ce jour ce genre de critique paraissait un peu spécial.

Libre a vous, Monsieur Azémar, de ne point trouver à votre goût le génie de Paul Verlaine, mais libre aussi à nous de protester. Sans aucun doute la littérature sociale de N.-S.-Saint Georges Lepelletier et Cⁱᵉ vous convient mieux, et votre tempéramment vous incite plutôt a chanter « *la Louange du lit* ».

Genre encore très spécial aussi.

Mais en écrivant des insultes, M. Azémar, au bas desquelles les scribes de M. Henry Fouquier n'auraient point oser mettre la signature de leur patron, en attirant sur votre nom le mépris général, nous avons l'insigne honneur de revendiquer au nom des poètes d'aujourd'hui, le droit de vous clouer a jamais au pilori infamant devant la jeune littérature.

H. FLEISCHMANN — L. DEUBEL.

Les soussignés, littérateurs et artistes, protestent énergiquement contre les insultes adressées à la mémoire de Paul Verlaine, par M. Azémar dit de Miranda, dans le numéro de décembre de « Gallia » *et affirment leur profonde admiration pour le génie du poète de* « Sagesse ».

MM. Jean de la Hire. directeur de *l'Ilâe Synthétique* — Ernest Raynaud, du *Sagittaire* — F. A. Cazals — André Girodie — Fernand Clerget — Henri Delisle — Georges Philippe — Hubert Fillay — Louis Pergaud — Francesco Zeppa et Marcel Clavié, de *l'Œuvre d'art International* — René d'Avril — Louis Jeambrun — Max Garnier — Paul Brunette, directeur de *La Revue Mauve* — Alexis-Mérodak-Jeanau, artiste peintre — Henri Albert — Roger Lauresky — Paul Hakis — Henri Cellerier — Pierre de Querlon, directeur de l'*Hémicycle*. — Léon Bocquet et M.-A. Gossez, directeurs du *Beffroi* — Albert Aubret.

(La suite des protestations sera publiée
dans le prochain numéro).

La
passion
de Notre Maître Verlaine

Ce fut Cazals qui me présenta Paul Verlaine pour la première fois. Un Verlaine douloureux, boîtant en archange foudroyé, et fait comme un voleur.

Lui et moi nous gardons dans l'ombre de nos âmes, la vision de ce Verlaine. Ni lui, ni moi nous ne pouvons l'oublier.

Nous le préférons au Verlaine officiel, crée depuis, par les braves gens scrupuleux

Nous le préférons, avec sérénité, sans nous occuper des médisances.

Et c'est à la tombe de celui-ci que nous portons des fleurs.

Je vois encore le jeune Cazals de jadis arrivant chez moi, rue des Ecoles : « M. Verlaine est en bas, dans un fiacre, son propriétaire l'a mis à la porte et il a mal à une jambe. »

Qu'on s'imagine un lecteur des *Fêtes galantes* et de *Sagesse* glissant, de l'apothéose des rimes, à un fait divers du *Petit journal !*

On a rêvé, en le silence vertigineux de la lecture, de quelque roi d'Orient.., et l'on voit s'avancer un homme, ayant la tournure d'un ouvrier triste !

.. Et, cependant, de tout bousculer pour le mieux recevoir, de ranger les meubles, de tirer les tapis, de sortir de l'armoire les draps brodés, de répandre des parfums, d'enfermer vivement l'effronterie du chien et du chat qui veulent sauter autour de l'illustre visiteur, enfin, tout l'émoi, tout l'effroi et toute la piété.

Verlaine lève les yeux :

« Vous permettez ma pipe, Rachilde ? »

Mais ce regard aigu, terrible, noir, est bien celui d'un roi. Celui-là est chez lui partout.

Cazals *se tord*, bon gamin serviable, étourdi, moqueur, un peu fou, ne voyant pas plus loin que le bout de son nez en l'air !

— « Foin des convenances ! On est les Décadents ! »
Comme il eut raison de me choisir, moi, inconnue femme
de lettres, parmi tant d'autres vrais artistes qui se fussent,
je pense, disputé l'honneur de recevoir le grand homme !

*« Seigneur, je ne suis pas digne de vous voir entrer dans
ma maison, mais, dites seulement une parole et mon âme
sera guérie..»*

La noble étourderie de Cazals, courant au plus proche de
ses camarades (lequel se trouvait, par hasard, être une
demoiselle), pour lui confier Verlaine, a déterminé un peu
de lumière en moi.
Verlaine m'a raconté son histoire, durant ces journées de
repos, et ce n'est pas tout à fait *celle* que l'on raconte.
Il m'a enlevé de ridicules préjugés bourgeois.
Mon âme fut guérie de désirer de vaines gloires terrestres,
toute vraie gloire ne pouvant se signifier qu'à être soi-
même, sans hypocrisie.
Voilà pourquoi, petit *F.-A. C.* de jadis, aux yeux mali-
cieux, au nez en l'air, grave Cazals d'aujourd'hui, au
crayon soucieux et au monocle important, j'ai consenti,
moi, qui n'aime guère les dessinateurs et qui déteste les
chansonniers, à.... bêcher un peu d'avance votre *Jardin
des Ronces*.
Il est planté sur une tombe, votre jardin, mais les herbes
folles et la mauvaise mine des timides roses pâles de sa
mélancolie n'empêchent pas son rameau de laurier.
Conserver pieusement, courageusement, le souvenir des
grands poètes, savoir qu'ils sont les justes, malgré les
injustices de leur sort, qui sont les bons, malgré les appa-
rentes méchancetés de leurs gestes, vaut mieux que beaucoup de gloire personnelle.
 Et je souhaite que, vous et moi, nous ne passions à la
postérité que pour avoir fidèlement gravé le portrait d'un
homme de génie, vous sur le papier, moi dans mon cœur.

RACHILDE.

(Préface au « Jardin des Ronces » de F.-A. Cazals).

Dans l'avtomne

Automne, c'est au bord de tes mornes bassins,
Dans ton décor de brume et de feuilles jaunies,
Le long de tes sentiers pleins de branches pourries
Que m'auront ramené la Vie et ses chemins.

Et j'aime rester là, un bleuet à la main
Où l'âme du printemps se retrouve alanguie;
Je revois sans désir ma jeunesse flétrie
Pâlir comme une morte en un cadre lointain.

Bientôt je connaîtrai des terres plus cruelles
Où même le regret me sera défendu:
Mon cœur trop douloureux brûle de plus en plus;
Ce n'est plus le joyau qui paraît d's mains frêles.

Le destin a brulé dans la forge éternelle
Le travail siselé par mon orfèvrerie
Pour mieux attaquer à même la pierrerie
Que j'avais cru défendre en lui cerclant des ailes.

Il est là, dénudé devant son désespoir,
Répondant au soleil éclatant qui se couche
Tandis que le Passé rechante par ma bouche
En me soufflant des vers dits dans un même soir.

Et, trop las de la lutte encor pour me reprendre,
Quoique envieux du couchant qui sait être glorieux,
Je m'abandonne et je m'engourdis peu à peu
En rêvant que la nuit va pleuvoir de la cendre.

André LEBEY.

Parc de St-Cloud, 10 octobre 1901.

Petit drame lvnaire et lvnatiqve, par Léon Devbel.

A André Girodie.

La Chimère,
La Lune,
Lui,
Une vieille horloge a poids.

La Chimère (descendant du rideau). — Je suis venue. Les mains de la lune m'ont arraché à mon sommeil de cretonne triste. Il fait froid. Donne moi tes mains de fièvre.
Lui. — J'ai pensé m'abolir en toi et me réconforter.
L'horloge. — A, B, C, D.
Lui. — Remplis ton rôle, voyons. Sera-ce moi qui doit te soutenir lorsque tu défailles? L'inversion vaut d'être retenue.
La lune. — Tu ne saurais y prendre garde, vraiment. Elle est toute transie dans mon eau pâle. Elle béait, inconsciente de l'humanité.
La chimère. — Le moyen d'être vive avec cette radoteuse d'horloge — écolière qui bredouille un abécédaire de secondes et qui vous rend toute somnolente.
L'horloge (pincée). — X, Y, Z.
Lui. — Elle a la riposte familière.
La lune. — Je descends, voisin.
Lui. — Tendez moi vos mains, je monterai.
La chimère. — Viens bercer ta tête sur ma gorge fermée.
L'horloge pudique ramène ses deux aiguilles devant l'œil goguenard de minuit et sonne. 1, 2, 3, 4, 5 etc.

La chimère (à l'horloge). — A quoi pensez-vous donc ! Vous voilà pas dans la mathématique !

La lune. — Laisse la. Elle ne veut rien savoir. Je me suis cramponnée maintes fois à elle pour retenir mon heure. Elle va et chaque seconde qu'elle prononce me rend plus pâle.

Lui. — Je l'écraserai.

La chimère. — Douceur ! Toutes les heures sont mon heure toutes les secondes sont mes secondes et je tends indifféremment mon sexe goulu à l'instant de mon bon plaisir.

La lune. — Ca te passera.

La chimère. — Jamais, traînée.

Lui. — Vous êtes toutes deux de bonnes filles.

L'horloge. — A, B, C, D.

La chimère. — Mais qu'est-ce qu'elle épelle donc toujours ?

La lune. — Du Feuillet.

Lui. — On n'a jamais su. C'est une vielle fille, un peu revêche, qui me prépare des camomilles de souvenir,

La lune. — Je voudrais bien savoir ce qu'il y a dedans. Eventre la.

La chimère. — Je le sais bien, moi. J'ai déjà grouillé dans son nombril sonore.

La lune. — Mais enfin...

La chimère. — Oh tu sais, rien. Rien que du temps qui se berce et qui monte sur une tige frigide et qui s'exprime par A. B. C. D ou 1, 2, 3, 4.

La lune. — Tu l'as déjà palpé, toi, ce Temps. Moi je me bouche le nez quand il me passe sur les lèvres. Il joue la chauve-souris (*au poète*) Et toi ?

Lui. — Mes yeux ne peuvent le voir.

La chimère. — Il m'a semblé qu'il se confondait avec moi et qu'il n'était que le prolongement de mes mains.

Lui. — J'ai pensé le saisir un soir, mais il a passé au travers de mes doigts comme l'eau d'une source fraîche.

La lune. — Eventre la, je veux savoir.

L'horloge. — O, O, P.

Lui. — Regarde en elle si tu veux, mais ne la brise pas. C'est un peu de souffrance et c'est un peu de beauté qu'une tante.

La lune (ouvrant l'horloge). — Oh! la brutale, elle m'a broyé la main. C'est un meunier, le Temps, qui moud des choses informes, des débris de passé, de bonheurs et de peines.

La chimère. — C'est bien fait.

Lui. — Prends garde, tu t'affoles.

La lune. — Ah! Madame fait la sucrée. Je vais t'apprendre à sonner l'aube *(Elle brise les deux aiguilles)* Mouds ton grain maintenant. Il ne sortira plus de toi désormais que la mouture grise des crépuscules.

Lui. — Ah! madame la lune, madame la lune, qu'avez-vous fait de mon soleil ?   *(Exeunt)*.

Léon DEUBEL.

La
Chanson de la Mort

à Louis Bertrand

> Quand on est mort c'est pour de bon.
> Jules LAFFORGUE.

— Qu'est-ce qui frappe si fort
et gémit de cette sorte ?

— Poète je suis la Mort
et je t'attends sur ta porte.

— Si tu es la Mort, dis-moi
ce qui brûle en les étoiles
et par quelles sages lois
leur ronde en les nuits sans voiles
se règle au-dessus des toits ?

— Poète je suis la Mort
or la Mort va dans la terre
et je ne sais pas le sort
qui régit dans l'athmosphère
les belles étoiles d'or.

— Si tu es la Mort, va-t-en
car je ne veux pas t'entendre...

— Je suis la Mort, je t'attends,
je suis venu pour te prendre

— Eh bien, sur le seuil de pierre
assieds-toi en m'attendant,
je suis las, et mes paupières
se ferment à chaque instant ;
je veux que pour le voyage
mon corps se soit reposé,
et que pour ton froid baiser
on ait rasé mon visage...

— Poète, je suis la Mort,
or la Mort n'attend personne,
lorsque l'heure grande sonne
chacum doit subir son sort,
fais un trait, ferme le livre,
et rebouche le flacon
de l'encre en signant ton nom,
je te dispence de vivre !

TOUNY-LÉRIS.

Chansons dolentes et indolentes,

Pélérinage

Fatigué des rigueurs mondaines d'une plage
Je voulus visiter quelque peu mon village.

> *Lustucru! Lustucru!*
> *J'vends des poires et des pommes!*
> *Bonnes gens qu'est pas mourus*
> *Ach'tez moi s'en pour des sommes!*

J'allai vers ce pays où fut commis le crime
D'exhaler le vivant que je suis. . pour la rime

> *Poulets crus! Poulets crus!*
> *J'vends des légumes fraîches!*
> *Bonnes gens qu'est pas mourus*
> *Ach'tez moi s'en pour vos crèches!*

La maison de l'Aïeul, vendue après sa mort,
Me dépêche un roquet qui me traque et qui me mord.

> *A vos brus! A vos brus!*
> *J'vends des bas et des flanelles,*
> *Bonnes gens qu'est pas mourus*
> *Et les gants en filoselle.*

Le curé de l'endroit, avec un mot latin,
Remet la clef du cimetière au sacristain.

> *Peaux d'lapins! porcs ventrus!*
> *Beaux habits tapant les fesses!*
> *Bonnes gens qu'est pas mourus,*
> *Pour vous aller à la messe!*

Là, tout pourri : la croix, les planches et le banc,
Alors le sacristain me mit au « Cheval blanc ».

> *Lustucru! Lustucru!*
> *J'y versai larmes sur larmes!*
> *Car, des bonnes gens qu'est mourus*
> *Le souvenir a bien des charmes!*

André GIRODIE.

Les lettres sentimentales, amovrevses et ironiqves de M. Tristan Privat, homme de lettres.

« Telles que retrouvées en d'anciens livres, entre des feuillets
« jaunis, voici les lettres de M. Tristan Privat. Elles ont peut-être
« cette « grâce des choses fanées » dont parlait Stéphane Mallarmé,
« parce que de longues années elles restèrent là, enfouies aux
« poussiéreux oublis de tiroirs jamais visités. Comme de vieilles
« lettres dont les lignes s'effacent, il convient de les lire en un
« crépuscule gris et automnal, devant un jardin ou tombent des
« feuilles mortes, si possible. La chose est préférable. »

Aujourd'hui, fête de Sainte-Prudence
...janvier 18...

....Ah! chère, très chère, la gaieté ironique de cette fête! Sainte Prudence! Anniversaire de notre prime et ultime rendez-vous! Et puis, voilà un an... Nous nous sommes quittés, vous détestiez les soies Liberty et vous adoriez les orchidées. Enfin, nous n'avons pas pu exalter nos intellectualités aux couchants pourpres des fabuleuses décadences. Je sais bien que ce que je vous écrirai à partir de cette heure mémoriale tombée aux pendules qui luttent dans mon claustral silence, sera sans importance pour vous. Mais comme encore mon cœur se ressent de ce que notre maître Barrès, nomme si doucereusement *« la petite » secousse* je me sens très heureux de vous adresser cette très inconséquente épître. Et comme j'ai l'idée d'en faire un livre notoirement et peut-être amoureux, voilà sujet à chapîtres.

Cette petite épître donc pour vous saluer en guise de préface.

Mais pourquoi aimiez-vous donc tant, que diable, les orchidées ?...

                                        18 janvier 18...

Soir gris et mauve. Quelle pluie. dans mon cœur et dans les cours. ô notre Verlaine!

Je songe à vous, très chère, seul, en cette si commode bergère — vous savez ? — qui, si facilement consentait à des tendresses intimes. Cette chambre d'autrefois vous y revivez toute entière avec votre profil si lointain aux eaux calmes des miroirs, et je vous y évoque avec votre robe de velours noir qui vous gantait si étroitement!

Comme je songe à vous et à ce thé exquis et brûlant de ce soir là! J'ai quelque faiblesse à conter celà, pour moi seul évidemment. Vous connaissez, je veux croire, tous ces détails qui resteront en votre mémoire. La lampe solitaire et fidèle s'amusait en sa claire lueur sous la mousseline verte. lourde de dentelles jaunes, idéalisées dans la pénombre

La bergère, si moelleuse et consentante, (1) tendait ses bras grêles vers un foyer crépitant. Chambre familière sans bruits. sans rumeurs, où seul, je reste maintenant livresquement songeur devant des volumes bien alignés aux rayons. Et cette toile que vous connaissez si bien — d'un illustre inconnu — rougoie au fond de la pièce. L'aviez-vous assez en horreur ce tableau ! Combien de fois ne vous êtes-vous pas exaspérée devant les faces adorablement maquillées de ces petites dégraffées sortant du Moulin-Rouge une nuit de pluie? Je songe à tout cela, ma petite amie xerlainienne, parce que le vent chante dans la cheminée...

---

(1) Détails exacts (Note de M. T. P.)

22 janvier...

...Ah! il nous faut cultiver d'intimes ironies! Serons-nous donc toujours, les jeunes amoureux romanesquement bêtes, et malgré de légitimes rentes « *les pauvres amants qu'ont pas beaucoup d'argent* » des répertoires d'Yvette Guilbert? Nous avons, il est vrai, lu tant de livres de génie et d'épicerie, tant de poèmes échevelés de poètes chevelus, qu'en vérité, nous ne sommes plus « *qu? littérature* ». Ainsi j'eus de tels amis émettant des formules métaphysiques aux tavernes lumineuses des soirs de Sainte-Bohême.

Très chère, très chère, vous qui aimiez les chansons grises et mystérieuses de M. Maurice Macterlinck et qui adoriez les romances de l'*Eldorado*, les poèmes de M. Stéphane Mallarmé (1) et les poésies patriotiques, qu'êtes-vous donc devenue?

Et votre souvenir revient dans cette chambre. petite princesse lointaine (assez Rostand, cela, hein ?) tant aimée.

Oh ! l'érigement gracile et souple de votre corps au milieu des coussins brochés du divan ! Le geste puéril et mystique, presque solennel de vos mains relevant vos lourds bandeaux de claire chevelure d'or ! et le pli que faisait alors votre peau pâle et rosée, là, près de la nuque...

On deviendrait lyrique.

Il serait bon, on veut croire, d'être toujours

Votre
TRISTAN P.

Publié par
Hector FLEISCHMANN.

---

(1) Décédé depuis.

Poèmes par Jean de La Hire, Henri Albert, Emile Lante et Léon Devbel.

POUR VERLAINE

Le ciel est d'un gris noir blêmi de taches vertes
La mer semble un chaos de montagnes vivantes
Dont les vallons heurtés et les crêtes mouvantes
D'eau jaunâtre et d'écume blanche sont couvertes.

Les vagues avec un vacarme de tonnerre
Majestuéusement fondent sur le rivage,
Puis reculent hurlant de dépit et de rage
D'être vaincues par le silence de la Terre.

Au milieu de la rade est un roc aplati
Avec de grands trous noirs et des stries écarlates
Et qui semble le Sphynx formidable accroupi.

Les vagues du reflux râlent entre ses pattes
Et son front large, et fier de défier les mondes,
Oppose son mystère à l'insulte des ondes.

1896   JEAN DE LA HIRE.

NON OMNIS MORIAR

à *Hector Fleischmann*

Dans la brise écouteuse et parfuumée, allons !
Secouez vos cheveux musicaux, ô poètes !
Dégrafez le fermail de vos harpes muettes
et montez en chantant vos fougueux étalons !

Clameurs mortes. Alors, sur les papyrus blonds,
couchez vos hymnes lents d'amour. ces fins squelettes ;
et puis n'en parlez plus, et prenant vos houlettes,
menez vos souvenirs paître par les prés longs...

Des ramiers violets sur les toits bleus qu'ils griffent,
lissent, le cou tourné, leurs plumes dans le soir,
ou, gonflant d'amour pur leur gorge d'argent noir,

inscrustent sur l'ardoise, en blancs hiéroglyphes
finement, le secret infini qui les ronge.
Et la brume sur eux passe sa pâle éponge...

Henri ALBERT.

CHANT PASSIONNÉ

à Hector Fleischman.

Je t'aime... Tu es celle, ô femme somptueuse,
Celle que je rêvais depuis longtemps, longtemps,
Celle que j'attendais parmi les nuits laiteuses
Où la chair exaltée, aux spasmes du printemps,
S'ouvre comme une fleur trop lourde de pollen...
Les soupirs, les aveux, les baisers, les tendresses
Qui, frêles, s'envolaient par ces doux soirs d'hymen,
De ma lèvre éperdue et pâle, ô ma déesse,
C'est en ton cœur, je crois, qu'ils allaient s'effeuiller
Pour mourir, lentement. comme un encens qui brule
Et, quand mes yeux pleuraient sous les parfuns ailés
Qui tremblent dans la gaze où meurt le crépuscule,
Peut-être que c'étaient les ondes de ta voix
Qui apportaient ton souffle ignoré jusqu'à moi.

Emile LANTE.

CHANSONS SELON VERLAINE

I

Projets...

Soir bleuté d'un ruissel de lune,
Apre nuit de ta chevelure :
Je veux dormir dans l'un et l'une.

Pour éveiller ta chair si pure,
Mais implacable comme un marbre,
Nous lirons quelque gravelure.

Puis tu t'enfuiras sous les arbres,
Avec un ris qui paraîtra
L'adieu d'un pépiage aux arbres.

Or ce défi pour moi sera
Le vin vieilli dont on se grise,
Et je te prendrai dans mes bras,

Tache laiteuse en la nuit grise,
Ta nudité sera le but
Des aigipans en entreprise.

Et lorsque, de néant ta chair imbu
Je voudrais déchiffrer son cœur,
Il sera clos comme un rébus.

Car il s'ouvre au seul confesseur,
Frocard auguste et gorgé d'or,
Chargé de laver tes noirceurs

Et de préparer ton remords...

II

Les Offusqués.

Au coin de la Vie embusqués,
Nous échangeons nos pensées nettes,
Et nous égayons de sornettes
L'amour de nos cœurs offusqués.

Autour de nous les âmes frustes
En déplorent la cruauté,
Mais notre amour bien doloté
Nous fait trouver l'épreuve juste.

Pourtant nous portons au côté
Le coup que nous donna sa lance,
Et son bruit dans notre silence
Est l'intrus pour nos vanités.

Nous dressâmes jadis la liste
De ses défauts impardonnés,
Et depuis, toujours étonnés,
Nous arborons nos âmes tristes.

Nous sommes toute obédience,
Voire toute passivité,
Et la Vie qui nous offense
N'atteint pas nos divinités.

Peut-être aurons-nous la revanche
Qu'attendirent d'autres en vain,
Et nous nous tenons par la main
Pour gravir quelque route blanche.

Blottis dans nos âmes malsaines
Et la volupté du mystère,
Nous sanglotons pour satisfaire
La tristesse contemporaine.

Et songeurs nous nous offensons
A la pensée qu'on nous ressemble
Et qu'en existant nous rêvons
Le rêve ingénu d'un ensemble.

                    Léon DEUBEL.

Pavl Verlaine
devant
les « cochons »

M. Henry Fouquier — plus spécialement connu par ses petites combinaisons commerciales et financières — après avoir publié sur notre Maître Verlaine, des articles ineptes et ridicules, a jugé utile de les rééditer il y a quelque temps en y ajoutant de lourdes et railleuses (?) plaisanteries sur Arthur Rimbaud, a qui on a enfin donné une tardive et posthume part de gloire. M. Henri Fouquier — alias Colomba — s'est mis fort en colère parce qu'on a osé élever une statue à ce Maudit de notre littérature, et il réclamait à grand cris — en revanche — l'érection d'un marbre à la gloire du plus épicier et du plus navrant auteur qui ait déshonoré les lettres françaises, je veux parler du sieur Paul de Kock, auteur pour concierges et grues sentimentales. On a accordé cette satisfaction à M. Henry Fouquier — ex Nestor — couronné récemment par l'Académie du quai Conti. Il est utile de montrer à la génération qui nous suivra de quelle façon notre époque toléra dans les lettres la présence d'un auteur évidemment destiné, lui, aussi, à être immortalisé quelque jour. Je recommande au futur Comité de mettre sur le socle la lapidaire et définitive formule

« L'épicerie glorieuse et reconnaissante »

L'art bourgeois et national le demande et l'exige impérieusement,

Le Licencié PABLO DE HERLAGNEZ.

CHRONIQVES

LES LIVRES.

Collection des Poètes français de l'étranger : I. *André Van Hasselt* : *Poésies choisies*, II — *Fernand Séverin* : *Poèmes Ingénus* (Fischbacher, édit. Paris).

On ne peut que louer M. Georges Barral de la généreuse et noble entreprise tentée pour faire connaître au public français les poètes qui glorifient au delà des frontières le Verbe de la terre latine. Il nous donne aujourd'hui des fragments de l'œuvre d'André Van Hasselt, ce Victor Hugo de la Belgique, dont la grande ombre s'étendit si longtemps, néfaste et glorieuse sur quelques jeunes poètes. De Fernand Séverin d'exquis et tendres poèmes dont je parlerai sous peu en une longue étude consacrée a la tentative de M. Georges Barral.

Escarmouches, poésies satiriques par Madeleine Lépine (Librairie de l'Association, Paris).

Gantée de velours et armée de douces griffes, Madeleine Lépine égratigne voluptueusement, lentement, avec joie et on dirait même avec quelque tendresse tels célèbres fantoches. La vieille Gyp — cette tête de pipe — Coppée-de-la-Bonne — Souffrance — Déroulède cet autre Bordure sans Ubu, s'y trouvent délicatement malmenés, et notre Viaud national y est glorieusement chanté :

> *On dit que Monsieur Loti*
> *En souriant est parti,*
> *Serait-ce pour Tahiti ?...*

Il faut saluer en cette œuvrette l'agréable et élégant passe-temps d'une femme d'esprit.

A la Gloire de Lille, poème par Emile Lante (Edit. de la Revue Contemporaine. Lille.)

Excellent poème didactique, chanteur de la Flandre heureuse inclinée sur le travail quotidien. Un souffle généreux et jeune l'anime et lui donne une certaine envolée. Il est regrettable de voir s'étaler sur la couverture le nom de Mlle Maguéra, cabotine sans aucun talent.

La ronde des Cygnes, poèmes par Armand Praviel (Edit. de l'Ame Latine, Toulouse).

Il faut admirer la belle foi de M. Armand Praviel, sa fierté a proclamer hautement sa croyance et son espoir. Nous retrouvons tout son catholiscisme dans ce livre très supérieur a ses aînés et où se remarquent de réelles qualités poétiques. Soit qu'il chante *les Jeunes filles ou le Bord de la Route*, il conserve toujours une émotion qu'on peut regretter être trop littéraire et quelquefois facile, genre où N. S. Coppée se fit quelque gloire. Ah! si M. Praviel voulait vraiment vivre sa vie, avec son amour et ses peines!...

Paul Verlaine et ses contemporains par Henri Marsac (Bibliothèque de l'Association-Paris).

Voici une excellente étude augmentée de précieux documents et d'utiles notes intelligemment classées. C'est la vie intime de notre Maître révélée avec ses touchantes candeurs et ses errances. Un volume utile et nécessaire pour la vie de Paul Verlaine.

Vers la Foi, poème par Paul d'Orfeuil (Imprimerie nouvelle, A. Porte a St-Gaudens).

Cette plaquette qui s'ouvre par le plagiat de la préface mise par Maurice Magre en tête de *La Chanson des hommes* doit être évidemment une erreur de jeunesse de M. d'Orfeuil. On y trouve des vers dans le genre de ceux-ci :

> *... Je n'ai plus d'amie*
> *pour de mes doigts roses friser ses blonds cheveux...*

C'est évidemment très triste.

Egoïs et Idéa, conte **Le dernier des Allobroges,** poème national par Paul Gourmand (Bibliothèque de l'Association — Paris).

J'ai la plus grande estime pour le travail considérable de M. Paul Gourmand. Mais je ne puis me résoudre a trouver quelque poésie en ses œuvres C'est lourd, dur et surtout trop facile. Si M. Paul Gourmand voulait au moins se consacrer a une œuvre travaillée et réfléchie, peut-être pourrions-nous ne pas désespérer de sa réelle valeur, mais M. Gourmand voudra-t-il?

Publications d'Art : la Collection Spetz, par André Girodie (Notes d'art et d'Archéologie — Paris).

En une somptueuse édition, M. Girodie raconte amoureusement

sa joie d'artiste devant les merveilles des tapisseries flammandes et de vieux reliquaires. Le poète ayant fait abstraction de toute \sa personnalité, nous nous trouvons devant le passionné d'art et de beauté qui nous évoque la splendeur abolie d'anciennes somptuosités. Et faudrait-il alors vraiment regretter cette si totale abstraction ?... M. Girodie ne peut manquer. et tous ses amis et admirateurs l'espèrent ardemment, de nous donner quelque jour le nouveau livre douloureux d'angoisse que nous attendons et que nous sommes presque en droit d'exiger de sa prodigieuse virtuosité.

Hector FLEISCHMANN.

Aux prochains numéros : *les Colonnes du Temple*. poèmes, et *Essai sur Laurent de Médicis* par André Lebey, *Heures* par Henri Delisle, *la Passante d'un soir de neige* par Marcel Clavié. *la Torera* par Jean de La Hire, *Chansons dolentes et indolentes* par Touny-Lérys, *Balcons sur la Mer* de Henri Muchart, *Cinq ans chez les Sauvages* par Ernest la Jeunesse et l'étude sur le volume de poèmes de M André Girodie *la Tendresse, la Verduresse et à deux sous! le Tourment de l'Unoté*, par Adrien Mithouard. *Au vol* par Albert Vidal.

LES REVVES.

Dans l'**Ermitage** de subtiles critiques d'André Gide, une étude documentée d'Edmond Pilon sur *Paradis de Moncrif*. des pages excellentes de Charles Chanvin et Henri Ghéon, à la **Revue d'Europe** Jean de la Hire publie de superbes pages sur le *Roman synthétique*, d'une haute clarté. la **Revue Franco-Allemande** avec un article d'Albert Lantoine sur le beau peintre qu'est Alexis-Mérodack. **l'Occident**. somptueux avec une belle page d'A. Mithouard, des *Lieds* de Tristan Klingsor. le *Dernier Temple* de Charles Morice. **l'Effort** ou F. Périlhou continue l'assasinat méthodique des cabots. de remarquables notes de S. Giraut sur la littérature sociale justement sévères pour Georges Bouhélier. **l'Idée Libre** réunit a son sommaire les noms des talentueux Paul Germain, Charles Bernard E. Boisacq, **le Sagittaire** avec de mauvais vers de Pierre de St-Jean. d'autres excellents par contre d'Albert Mérat et de Théodore Maurer de beaux poèmes d'Ernest Raynaud. une intéressante inconographie d'Arthur Rimbaud, et le douloureux *Pauvre Lélian* d: F.-A. Cazals et E. Delahaye, **la Revue Naturiste,** *Asinus, asinum* *fricat*, **la Revue libre**, des pages exquises *Vieillir* de Jean d'Estray, l'*Alchimiste* un délicieux poème de René Faralicq, **l'Hemicycle** avec les noms des bons poètes Pierre de Querlon, René d'Avril. Thomas Braun et de délicates illustrations, **l'Idée Synthétique,** un article très discutable de Charles Vildrac sur l'*Art nouveau*. un beau poème de Léon Deubel *Je t'écris*... des pages de Félix Badet. Paul Renault, Henri Delisle, la poétique **Grange Lorraine**, avec des pages judicieuses de René d'Avril. sur la jeune littérature et de graves, et beaux poèmes de Briquel, à **l'Œuvre d'art International**. Mécislas Golberg parle des très jeunes Belgique, une belle page douloureuse de Marcel Clavié, *lumières d'Automne*, page excellente de Francesco Zeppa, un sonore poème de Touny-Lérys, une faible étude de R. Meunier, **Gallia**. outre l'ignoble article du nommé Miranda-Azémar. les fraiches pages du dernier roman de Touny-Lérys, **la Revue Provinciale**, de M. de Faramond *Le récit d'Antonine*. de bonnes pages de critique de Marc Lafargue et un beau poème à *Charles Guérin* un poème *A mes vers* de Touny-Lérys. **le Beffroi** ou Léon Bocquet chante *le Conseil des silences* et Hector Fleischmann la *Simplicité des Flandres* à coté de poèmes de M. A. Gossez. Jules Mouquet et Ch.-Sébastien Leconte, *le Chant des routes et des déroutes* de Léon Deubel s'y trouve judicieusement analysé. une fine page de P. de Querlon. **l'Ame latine**, d'opinions étroites. articles de J. de Brousse et Alphonse Germain, la page 374 a été sacrifiée à la **Revue Dorée**, un M. de Teysson obtient un joli succès d'hilarité avec de fantastiques notes théâtrales. un excellent article de Paul Adam et un beau poème de Louis Payen *la Chimère*. à **la Clavellina,** une bonne page *la Foire* de Frédéric Saisset, un grave et pur poème d'Henri Muchart et la cocasserie de M. Jean Amade, **l'Indépendante,** feuille spéciale où la diffamation est considérée comme une courtoisie, l'ineffable Beaudu y pontifie. des vers de Mlle Karoline Schmitt je ne parlerai pas. je lui ferais de la peine, la page 37. est perdue **la Revue Mauve**, de meilleure tenue avec des poèmes et proses d'Eugène Lavezard, Perret-Gentil, Henri Albert, Paul Brunette et Jules-Louis Hilly d'une note très personnelle, **Revista Naturista** où grandiloque M. Joachim Gasquet, ce demi-dieu :

L'O'ynpe n'est pas aussi grand qu'Aix-en-Provence!

l'inévitable Saint-Georges y parle petit nègre brésilien et on regrette de voir embarqué dans la galère naturiste M. Elysio de Carvalho dont les articles sont d'une grande valeur critique, **les Gaudes** avec des comtes franc-comtois de H. Bouchot, curieux et vivants, **le Midi Artiste** batailleur et renseigné. des chroniques rimées de Jean du Moulin, **la Cloche illustrée** ou des articles critiques de Louis-Jules Hilly sont remarquables. Reçu encore une petite feuille modestement intitulée **la France poétique** et **le Balzac, l'Echo du Public, le Libertaire, la Critique,** etc., etc.

La Revue Contemporaine et **la Picardie** ne nous sont point parvenues. Nous voulons croire à un oubli.

Le Licencié Pablo de HERLAGNEZ.

ECHOS

Livres à paraître : *Le passant d'un soir de neige*, poème symbolique par Marcel Claviè, aux éditions de *l'Œuvre d'art international* — *Félix Culpa*, poème par René d'Avril — *Un Whist avec un mort*, pièce en un acte d'Eugène Lavezard — *Les crépuscules les tavernes et les tendresses de nos plus notoires contemporains* par Ernest La Vieillesse — *Le Jardin potager*, poèmes ironiques par Jules Mary — *A la Gloire de Monsieur Jules Verne* par le Père Ubu — *Tendresses* poèmes par Léon Deubel — *Gaspard Hauser chante...* (troisième volume de la série « *Léliancolies* » poèmes par Hector Fleischmann.

Le Penseur termine brillamment sa première année. Cette excellente revue mensuelle (10, impasse du Maine, Paris. XVe. — Secrétaire général : Daniel de Venancourt) a obtenu auprès des lettrés un légitime succès, qui grandira encore.

Le « Tout-Paris » des lettres et des arts se donne rendez-vous aux « Cinq heures » des Bouffes-Parisiens, rue Monsigny.

Nous informons nos lecteurs qu'ils peuvent trouver « *la Revue Verlainienne* » à la librairie Vanier, 17 quai St Michel — Paris.

L'Argus de la Presse fournit aux artistes, littérateurs, savants, hommes politiques, tout ce qui paraît sur leur compte dans les journaux et revues du monde entier.
L'Argus de la Presse est le collaborateur indiqué de tous ceux qui préparent un ouvrage, étudient une question, s'occupent de statistique etc., etc,
S'adresser aux bureaux de l'Argus. 14 rue Drouot, Paris. — *Téléphone.*
L'Argus lit 5.000 journaux par jour.

Le gérant : HENRI DELISLE

SAINT-GAUDENS. — IMPRIMERIE NOUVELLE A. PORTE

AVX PROCHAINS NVMÉROS :

Pages inédites	PAVL VERLAINE
Nouvelles lettres	ARTHVR RIMBAVD
Sur Paul Verlaine	GVSTAVE KAHN
Poèmes	LAVRENT TAILHADE
Paul Verlaine et le Parnasse	L. X. DE RICARD
Villiers de l'Isle-Adam et Verlaine	J. K. HVYSMANS
En mémoire de Verlaine	FÉLICIEN ROPS
Notes sur Arthur Rimbaud	PATERNE BERRICHON
Poèmes	LEON DEVBEL
Poèmes	RENÉ D'AVRIL
Le vieux cahier sentimental	HECTOR FLEISCHMANN
La Mer chante...	LEON BOCQVET
Bruges conquise	M. A. GOSSEZ
Poèmes	PAVL BRIQVEL
Sur le mode verlainien	LOVIS PAYEN
La petite ville allemande	GEORGES PHILIPPE
Pluie au bois	FRÉDÉRIC SAISSET
Sonnets	HENRI ALBERT
Simplicité	LOVIS JEAMBRVN
La bonne tendresse	MAX GARNIER
Heures	HENRI DELISLE

Illustrations de

F. A. CAZALS, ALEXIS-MÉRODACK-JEANEAV, MARCEL
LENOIR, PATERNE BERRICHON. COVTVRIER.